तारों की परछाइयाँ

विजय 'गुंजन'

सन्मति पब्लिशर्स एण्ड डिस्ट्रीब्यूटर्स

ISBN: 978-81-938103-2-3

प्रकाशक

सन्मति पब्लिशर्स एण्ड डिस्ट्रीब्यूटर्स

मुख्य कार्यालयः

बी–347, संजय विहार,

मेरठ रोड, हापुड़–245101 (उ0प्र0)

email: sanmati555@gmail.com

website : www.sanmatiindia.com

मो. 8439645104, 09997184964

प्रथम संस्करणः 2018

डिजाईन एण्ड टाईप सैटिंग

RETROTEK

कविता का मधुमास
विजय 'गुंजन' की रचनाएँ

कविता कवि के व्यक्तित्व की शाब्दिक अभियक्ति है। शाब्दिक अभिव्यक्ति गद्य में भी हो सकती है किन्तु जब उसमें लय, शब्द विन्यास का कौशल, कल्पना की उड़ान, संवेदना की तरंग, विचारो का गुंफन, जीवन के शाश्वत तथा सामायिक मूल्यों का उद्घाटन, त्वरित गहरी संप्रेषणीयता और आत्मा का संगीत आकर मिल जाता है, तो वह श्रेष्ठ कविता की श्रेणी में आ जाती है। ये काव्यात्मक अभिव्यक्ति दो बिन्दुओं पर केन्द्रित हो सकती है, एक बिंदु वह है जिसमे रचनाकार स्वयं ही अपनी कविता का विषय होता है और दूसरा बिन्दु वह है जिसमें रचनाकार के सामने कोई दूसरा विषय होता है। वह तो उस विषय के सम्बन्ध में अपने विचार, अपनी अनुभूतियों और अपने कवि कर्म का मार्मिक विवेचन करता है।

कवि विजय 'गुंजन' के काव्य संग्रह 'तारों की परछाईयाँ' में संग्रहित उनकी काव्य रचनायें कविता की उपरोक्त परिभाषा एवं कसौटी पर खरी उतरी हैं। मैंने उनकी इस संग्रह में शामिल तमाम रचनायें पढ़ी है और मुझे ये कहने में तनिक भी संकोच नहीं है कि विजय 'गुंजन' देश, समाज, रिश्तों एवं मानव जीवन के समस्त मूल्यों के प्रति अति संवेदनशील है और वे देश, समाज के दैनिक घटनाक्रमों पर अपनी पैनी नजर रखते हैं। आज के प्रदूषित और दरिंदगी के समाज पर चोट करती उनकी ये पंक्तियां काबिलेगौर हैं :–

'शहर भर में दरिंदो का मेला दिखाई देता है
इंसान है जो सच्चा यहाँ, वही अकेला दिखाई देता है।'

महिला सशक्तिकरण की हिमायत वे जुदा अंदाज में यूँ करते हैं :–

लिखना है तो औरत के संघर्ष का इतिहास लिख
बिना राम के यशगान के सीता का वनवास लिख।'

आजकल मोबाइल, इन्टरनेट और टीवी की दुनिया में मस्त परिवार के सदस्यों पर व्यंग करती हुयी उनकी ये पंक्तिया पाठको से

सीधा संवाद करती हैं :–

'आलीशान मकानों में रहने वाले लोग अन्दर से
अक्सर मिलते हैं मुझे एक घर की तलाश करते हुए।'

'माँ' पर उनकी निम्न पंक्तियों से प्रभावित हुए बिना नहीं रहा जा सकताः–

'अभी रखी है मेरे सर पर माँ की दुआओं की छाँव
धूप उलझनों की अभी मेरे पास आने से डरती है।'

और आज के बचपन की कड़वी हकीकत इन पंक्तियों में क्या खूब झलकती है :–

'ये बच्चे बारिशों में कागज की नाव नहीं बनाते
शहर की परवरिश ने इन्हें इस हुनर से दूर रखा है।'

जहाँ हर तरफ सिर्फ माँ की ममता को महिमामंडित किया जाता है वहां विजय जी की कलम 'पिता' के त्याग पर भी चली है, देखें :–

'पिता जी की पसीने से तर बनियान देखता हूँ
तो एक सवाल उठता है
कि इसमें उनकी कितनी आकांक्षाओं का लहू मिश्रित है
फिर अपने लहू को देखता हूँ तो सोचता हूँ
कि इसमें उनका कितना पसीना मिला हुआ है।'

कुल मिलकर यह कहा जा सकता है कि विजय 'गुंजन' की रचनायें काव्य प्रेमियों के लिए एक ऐसा सुन्दर उपहार हैं जो अपनी अलग तरह की और निजी सुगंध लेकर पाठकों के मन को महकाती रहेंगी और अपनी नई पहचान बनायेंगी। मैं उनके उज्जवल भविष्य की कामना करते हुए ये भी कहना चाहता हूँ कि वे अपनी काव्य प्रतिभा को मांझते हुए शब्द–शब्द में निरंतर खनक पैदा करते रहें जो पाठको में एक नई गूँज बन कर हमें मनुष्य बने रहने को प्रेरित करें।

गाजियाबाद — डॉ. कुंअर बेचैन

परेशान हूँ मैं इतने अवगुणों को इंसानों में देखकर
शैतानों के रंग–रूप को इंसानों में देखकर

जिसके पास रोटी नहीं, न रहने को ठिकाना है
हैरान हूँ लुटते हुये मैं, उन्हें मयखानों में देखकर

जिसका मेहमान बनने की तमन्ना रहती थी दिल में
हैरान हूँ उन्हें अब मैं अपने घर के मेंहमानों में देखकर।

कल तलक जो खिलाफ था प्यार, इश्क मुहब्बत के
हैरान हूँ उस शावन को अब मैं पागल दीवानों में देखकर।

महरूम हैं गरीब के आसियाने यहाँ रोटी के लिए लेकिन,
हैरान हूँ मगर दौलतों को बंद मन्दिर के तहखानों में देखकर।

जिनकी फितरत में है लूटना बस लूटना खजाने को
हैरान हूँ इसे लुटेरों को नहीं मैं कैदखानों में देखकर।

◈◈◈

बाबा गुरू घंटालों का फैला लम्बा जाल,
कंगाली में जनता सारी, ये हैं मालामाल

लूट रहे समाज को, पहन के भगवा चोला,
पोल खुली इनकी जब, खोला इनका झोला

किया कबाड़ा धर्म का, कराके कर्म काण्ड
चोरी, डकैती, लूट और ये करते हत्याकांड

नंगा नाच रूप देख, हैं पब्लिक हैरान
भगवानों के मंदिर में, बैठे हैं हैवान

नेताओं से भी इनकी ऊंची सांठ–गांठ।
योगी रूपी इन भोगियों के ऊंचे ठांठ–बाट

लोकतन्त्र पर पड़ रही, इन्हीं कलयुगियों की छाया।
इनका सबका कारण है, बस लालच और माया।

सच्चे साधु सन्तों को भी हो रही परेशानी
लगाते बोली इमान की, ये रख दिल में बेइमानी

न्याय मिलेगा जनता को, पहुंचेगें जब ये जेल
विजयी होगा धर्म तभी, जब खत्म होगा यह खेल

इन सबका उपचार है सर्व–धर्म सद्भाव
सभी धर्मों के संतों को, होंगे मिटाने भेदभाव।

धर्म–कर्म की बनियागिरी का होगा जब अवसान,
धर्म निखरेगा, होगी 'विजय', बनेगा देश महान।"

ये चश्मा जो आज नेत्रहीन होकर पड़ा हुआ है
कभी घर की बूढ़ी आंखों की रोशनी हुआ करता था,

न जाने कितनी बार अंधेरों से लड़ने के लिये
इसने उन चिरागों को रोशनी दी
पर चश्मा आज गुमसुम खामोश सा बैठा है
क्योंकि साथ रोशनी करने वाले चिराग,
किसी पीपल की शाखों तले बुझे पड़े हैं।

◈◈◈

अजब तमाशा है दिखाते ये नेता संसद के दरबार में
खबरें हुई हैं इनकी अदाकारी की आज हर अखबार में।

उन्हें क्या मतलब कि हर रोज भूखे सो रहे लाखों किसान
मुट्ठी जो अपनी हैं भर रहें अनाज के व्यापार में।

फाइलों में विधवा होके रह गयी, इक विधवा के पेंशन की आस
इतनी ताकत कहाँ से आयी, इस निर्लज्ज भ्रष्टाचार में

गांव से शहर की तरफ वो आया था प्यास मिटाने को
मर गयी प्यास उसकी देख पानी को महँगे बजार में।

जाग जाओ मंदिरों में बैठे अब तो गूंगे पत्थरों,
पत्थर दिलों की भीड़ देखो है बढ़ रही संसार में।

◈◈◈

कटार वेदनाओं की चुभती है तो, ये दिल दहल जाता है
लहू बदलकर रूप तब आँसू का आँखों से निकल जाता है।

ये ज़िन्दगी और कुछ नहीं बस ज़ख्मों का समंदर है
मेरा हर इक दुख नमक बन इसमें हर पल घुल जाता है।

हिम्मत जुटाता हूँ लड़ने की बमुश्किल तूफानों से लेकिन
टूटता हूँ जब उलझनों के भवरों का फैरा बदल जाता है।

◈◈◈

ये रौशनी है ज्ञान की, ये रौशनी है ज्ञान की
नई सोचों और नई खोजों से जगमग हिन्दुस्तान की.....

सक्षम तकनीकों से हमने जीवन सरल बनाया है
बदल पुराने रिवाजो को, नए तर्कों को अपनाया है
पहचान यहां की दुनिया में अब प्रगति के निशान की
ये रौशनी है ज्ञान की, ये रौशनी है ज्ञान की.....

बदलावों की बयार से तस्वीर देश की बदली है
ओजपूर्ण विद्वानों की एक फौज यहां से निकली है
विश्व पटल पर है अंकित छाप हमारे अनुसन्धान की
ये रौशनी है ज्ञान की, ये रौशनी है ज्ञान की.....

रोये पहाड़
नदियों की दुर्दशा
ये खिलवाड़
आंधियां आईं
पेड़ मरे हजारों
मौत अकाल
रोता है अब
बरसातों का पानी
सुनो कहानी
धुंआ धुंआ सा
सुलगता रहता
मन हवा का
कौन हैं हम?
अब किससे पूंछें
बिगड़ा धर्म
दौड़ती रेल
सदा ढोती रहती
आशा रोजी की
सूखा सावन
था जेठ भी उदास
वर्षा की आस।

भीनी भीनी हरियाली की खुशबू मनभावन लाये हैं
तोहफे में हम तुझको देने प्यार का सावन लाये हैं।

कोयल की मीठी सी वाणी,
कल कल बहता झरने का पानी,
तितली की मुस्कान के संग भंवरों का गुंजन लाये हैं,
तोहफे में हम तुझको देने प्यार का सावन लाये हैं।

उजली भोर की सुंदर धूप,
रंगों का इंद्रधनुषी रुप,
जल की बूंदों से हुआ सजा पत्तों का दामन लाये हैं
तोहफे में हम तुझको देने प्यार का सावन लाये हैं।

प्रेम की धुन बजाता बादल,
छ्नकती हुई बिजली की पायल,
मन में बसा वसुंधरा के सोणा साजन लाये हैं
तोहफे में हम तुझको देने प्यार का सावन लाये हैं।

झूलों की चंचल चंचलता,
फूलों की अनुपम कोमलता,
हवाओं की वीणा से निकला पुरवईया गायन लाये हैं
तोहफे में हम तुझको देने प्यार का सावन लाये हैं।

नन्हें पौधों की किलकारी,
महक रही है जो फुलवारी,

खिलखिलाते हूये चमन का हंसता आंगन लाये हैं
तोहफे में हम तुझको देने प्यार का सावन लाये हैं।

सरिताओं की बहती जलधारा,
तरणतालों का जादुई पिटारा,
रंग बिरंगी मछःलियों की दिल की धडकन लाये हैं
तोहफे में हम तुझको देने प्यार का सावन लाये हैं।

मयूरों का गुनगुनाता मन,
मेघों का मुस्कुराता मन,
सोलह श्रंगार की हुयी जगत की शर्मीली दुल्हन लाये हैं,
तोहफे में हम तुझको देने प्यार का सावन लाये हैं।

बारिश का मनमोहक संगीत,
निकला बूंदों से है जो गीत,
अंबर के सितार से निकली एक सरगम नूतन लाये हैं
तोहफे में हम तुझको देने प्यार का सावन लाये हैं।

कांवडियों की झूमती टोली,
सखियों की वो हंसी ठिठोली,
नववधुओं की चूडियों की सुरीली खनखन लाये हैं
तोहफे में हम तुझको देने प्यार का सावन लाये हैं।

देश–प्रेम के अमर तराने,
पंतंगों के सफर सुहाने,
आजादी की उंमगों की एक नई सी चितवन लाये हैं।

तोहफे में हम तुझको देने प्यार का सावन लाये हैं।

बच्चों के कागज की नाव,
छपा छप करते पानी में पांव,
मौसम के संग खेल खेलते बच्चों का बचपन लाये हैं
तोहफे में हम तुझको देने प्यार का सावन लाये हैं।

मिट्टी की सुगंध अलबेली,
प्यारी किरणें पीली पीली,
मद और श्रंगार युक्त कलियों का अदभुत यौवन लाये हैं
तोहफे में हम तुझको देने प्यार का सावन लाये हैं।

दही और हांडी के खेल,
झाकियों से सजती जेल,
लोगों के घर में सजने वाले राधा का मोहन लाये हैं
तोहफे में हम तुझको देने प्यार का सावन लाये हैं।

◈◈◈

निकले जब धड़कनों से जो प्रेम के छंद
महसूस कर मुस्कान इन्हें सासें मंद मंद।

बातों की तुम्हारी बोली ने हाल ये करे
कि बातों ही बातों में मिले जीने का आनंद
धूप ने विश्वास की छू लिया है मन
खुशियों से सज रही है आँख की किरण
श्रंगार की लहरों में हमेशा डूबते रहें
चाहतों को हम बस तेरी चाहते रहें
ह्दय में मिलन की कभी प्यास न बुझे
नाराजगियों में कभी प्यार की आस न बुझे
जुगनू और रौशनी जितना पावन हो संबंध।

प्रेम की अनुभूति में हो भक्ति का आनंद
अश्रु भी हों तो सदा भाव की भावना लिए
गहराइयों तक रिश्ते की कामना लिए
टूटन कभी न आये न घुटन का अंश हो
छिटपुट अविश्वासों का न कोई दंश हो
विरह के लिए जाये हों सारे रास्ते बंद
निकले जब धड़कनों से जो प्रेम के छंद
महसूस कर मुस्का इन्हे सासें मंद मंद।

◈◈◈

हमें लौटा दे कोई वही मिट्टी की टेढ़ी मगर
स्वभाव से सरल गलियां
इन कंक्रीट के रास्तों के नाम पर
दर्ज हो चुके है अनगिनत हादसे
आते नहीं अखबार यहां अब
बिना हादसों की खबर के
इस शहर की बिगड़ती सूरत की
ये ही पहली पहचान है

'होती है टेढ़ी, मगर स्वभाव से सरल मिट्टी की गलियां
कंक्रीट की सड़कों की तरह इनका मन काला नहीं होता।'

◈◈◈

राह कठिन है नफरत की
क्षमा प्रभु का है वरदान
आशाओं को जीवित रख
रिपुओं को दो जीवनदान

करुणा की बहती सरिता का
नीर बहुत ही मीठा है
वैमनस्य के ज्वार को रख
क्यों उनसे तू फिर रूठा है?
बातों बातों में अक्सर,
सुलझ न पाती बातें है
हैं सुलगते दिन और
फिर सुलगती रातें हैं
शूल पुराने मिटते जब
तो नए पुष्प मुस्काते हैं
खिलती जीवन की बगिया में,
पंक्षी गुनगुनाते हैं,
क्षमाशीलता की ये अदभुत सोच
परमपिता की है मुस्कान
राह कठिन है नफरत की
क्षमा प्रभु का है वरदान
आशाओं को जीवित रख
रिपुओं को दो जीवनदान।

भूलें उदित होती है जब

रिश्ता नए बिखरता हैं
अविश्वासों के मेघों से
मन का चाँद भी घिरता है
टूटन और घुटन का तम
अंदर अंदर रिसता है
फिर भी एक दिन थम जाएगा
कटुताओं का ये तूफान
राह कठिन है नफरत की
क्षमा प्रभु का है वरदान
आशाओं को जीवित रख
रिपुओं को दो जीवनदान।

बेरंग नहीं है जीवन ये
भले जगत क्यों न मिथ्या है
हर सोच को प्रेम से रंगना
ही आज की सच्ची तपस्या है
चेहरे बुझे मिलें फिर भी
सूरज हमें सजाना है
जो भटके राहों से,
उन पथिकों को समझाना है
बिना वृद्ध आशाओं के
ये तरुणाई तरसती है
अश्रु से होकर घायल
आखें सदा बरसती हैं
दुनियादारी की बातों ने
संयम को भी तोड़ा है

क्रोधित कर मन को
हमने खुद को खुद से मोड़ा है
सहिष्णु बनकर चलो
उगा दें नया मिलन का एक दिनमान
राह कठिन है नफरत की
क्षमा प्रभु का है वरदान
आशाओं को जीवित रख
रिपुओं को दो जीवनदान

◈◈◈

छांव प्रेम की तलाश रहा हूँ,
अविश्वासों की धूप के बीच
मृदु भाषा की ओस की बूंदे
कटुताओं की उमस के बीच
व्याकुल सासें उलझी है
रिश्तों के संग्राम में
आशाएं बिखरी पड़ी है,
हताशाओं के धाम में,
कचोट रही है धड़कनों को
कर्कश छिपी हुई एक चीख
छांव प्रेम की तलाश रहा हूँ,
अविश्वासों की धूप के बीच
मृदु भाषा की ओस की बूंदे,
कटुताओं की उमस के बीच
सावन प्यार क्या सूखा क्यों है?
उत्तर इसका तलाश रहा हूँ,
स्वयं के आवेशित मन को,
मैं अंदर अंदर मार रहा हूँ,
सच्चाई की राह पर मुझको
झूठ के काटें रहे हैं खींच

◈◈◈

अंदर की खामोशी को जब तोड़ा तो गहरी चोट लगी
गहरी बातों से जब की बातें गहरी तो चोट लगी।

किसी से नफरत किये बिना सब कुछ भुलाया मोहब्बत में
लेकिन खामोशी से जब की गहरी मोहब्बत तो चोट लगी।

करुणा को कमजोरी समझते हैं कुछ लोग यहाँ
व्यथित हुआ जब हृदय जब भी करुणा के जाने से तो
चोट लगी।

◈◈◈

परिंदों बददुआएं क्यों नहीं देते इन इंसानों को
लालच की मांग ने जिनकी हजारों चमन चला दिये
बीज बोये जजा रहे प्रदूषण के अच्छे से हवाओं में
दवाओं के व्यापारियों का कारोबार गर्म है।

इस शहर की फिजा को न जाने किसके है नजर लगी
रोज भरी रहती है सड़कें यहां हादसों के जाल से
छीन लेती है मिट्टी से उसकी जवनी कचरे रसपानों के
बारिश की बूंदे फिर भी कुछ तरूणाई जगा देती है।

◈◈◈

हर तरफ नीर है, समंदर की आंखों का
मौन बस्ती है, पसरा हुआ सन्नाटा है
सूरज की आंखों का उतरा है लहू धरती पर
वसुंधरा ने इंसान के मुंह पर मारा गहरा चांटा है
दर्द की आवाज़ों के बीच, सिसकियां भी उठ रही हैं,
हर तरफ बेगुनाओं की डोलियां भी उठ रही हैं
ये सजा काफी नहीं, अभी धरा और दिखायेगी
मानव को अपनी ताकत का लोहा और मनवायेंगी।

◈◈◈

जंग लगे विचारों से कभी इंकलाब आता नहीं
हुकुमतों से जंग के लिये हथियार पैदा करो।

बहुत हो चुकी गांधी और गांधीवादियों की कोरी बातें
अपने भीतर भगत सिंह का सा एक आकार पैदा करो।

ग्लैमर की गलियों में भटकते आज के ए नौजवानों
सियासी परिंदों को मारने के लिए शस्त्रागार पैदा करो।

तब तक नहीं बदलेगी व्यवस्था जब तक है खामोश हम
हुंकार क्रांति की भर, संसद भवन में हाहाकार पैदा करो।

बदलेगा युग यकीं करो, ये नहीं है कोई कोरी कल्पना
बस एक बार इस देश में, चेतना का संसार पैदा करो।

लोकतंत्र में हैं जो बाकी रह गये, राजशाही विधान
उन्हें मिटाने के लिए नित नये शोले–अंगार पैदा करो।

जरूरत नहीं हमें किसी भी दिखावटी राष्ट्रीय त्यौहार की
नई इबारत खून से लिखकर, इक नया त्यौहार पैदा करो।

आंधियों से सजा दो हर नगर की हर एक डगर
चौराहों के महासागर में बदलाव का ज्वार पैदा करो।

मां भारती का विलाप एक पल भी न करो सहन
नयनों में भारत–माता के आशाओं का संचार पैदा करो।

◈◈◈

रुसवाइयों के दौर का अब सिलसिला चला
टूटी चूड़ियों का गली में जबसे काफिला चला।

हर तरफ है मातम पसरा, देख सड़कों का लाल रंग
फिर किसी आंगन से, हरे बांस पर एक लाडला चला।

हर तरफ नजर आ रहे हैं आंसुओं के तालाब यहाँ
दर्द का हर दिल में हो अब देखो दाखिला चला।

कफन बेचने वालों का बाजार गर्म है
वक्त ज़िन्दगी का जबसे ठंडा ही चला।

◈◈◈

पत्तों पर पड़ी बूंदों को मत ओस समझना
ये तितलियों की आंखों का है नीर दोस्तों।

कल तलक जो बागवाने–ए–चमन था यहां गुंजन
बनकर भटक रहा है वो भंवरा आजकल फकीर दोस्तों।

आंखों में परिंदों के क्यों खून उतर आया
नफरत की कितनी है बढ़ गयी तासीर दोस्तों।

ये ख्वाब नहीं कोई, हकीकत है जान लो
हमने बिगाड़ी है इस मुल्क की तस्वीर दोस्तों।

◈◈◈

गिट्टियां तोड़ते–तोड़ते उसने हृदय को पत्थर बना लिया
धूप में जला के खुद को आग में, एक शहर बना लिया

ज़िन्दगी गुजरती है उसकी, बस दो पत्थरों के बीच में,
कभी चट्टानों को तवा, तो कभी बिस्तर बना लिया।

उसे शिकायत न ज़िन्दगी से, न किसी से शिकवा है,
फावड़े, तसले, कुदाल को है, उसने हमसफर बना लिया।

अपने दर्द को सदा वह, सीने में दबाये रखता है
दिल में उसने दर्द का है एक घर बना लिया।

◈◈◈

उस बूढ़े बरगद के आंसू तुझको आज बुलाते हैं
भरी दुपहरी कुछ अधनंगे बच्चे बिस्तर जहाँ लगाते हैं

कुएं के मन में घाव है इतना गहरा ऐ लोगों
सूने पनघट पर लोग अब महफिल नहीं सजाते हैं

छप्पर जलता ईंट से, दिनभर घुटता फिरता है
लोग घरों में अब लकड़ी का तिरपाल नहीं लगाते हैं।

नदी ये कहती, नाव उठाकर जला दो शमशान में
जहरीले कूड़े–कचरे से अब उसके रिश्ते नाते हैं

हुआ सयाना गांव का बचपन शहरीकरण की आंधी से
तितली, बुलबुल, गौरेया, अब इनको नहीं लुभाते हैं।

◈◈◈

इस रात की खुशबू को यूँ ही मत बिखरने दो प्रिये
आज रजनीगंधा भी तुम्हारी देह को, है चूमना चाहती।

मधुर–मधुर पुरवाई जो बह रही तुम्हारे अधरों से प्रिये
मौसम की हर सांस भी है आज उसे जीना चाहती
मैं भ्रमर हूँ गुंजन करता, बस तुम्हारा दास हूँ
अपने हृदय की कली में झांकों, मैं मीठा सा मधुमास हूँ
आज कलियों की मुस्कान भी, तुम्हें है चूमना चाहती

चलो सुगंधित कर यादों को मिलन की यह बेला सजा दे
एक दूजे के मन की खुशबुओं से अपनी रूहों को सजा दे
महकती हुई धड़कन की साँसों को और महकने दो प्रिये
आज रजनीगंधा भी तुम्हारी देह को है चूमना चाहती

◈◈◈

अच्छी हो या बुरी, सास को खड़ूस बताने की
बहू के आगे व्यंग्यपूर्वक महारानी लगाने की
गुस्से में पति को तेज नमक की सब्जी खिलाने की
पत्नी के मायके की बात में बेवजह टांग अड़ाने की
आदत सब में पायी जाती है।

मेहमानों को पनियल चाय पिलाने की
हर कुत्ते को टामी कहकर बुलाने की
पड़ोसी की कन्या से नैन लड़ाने की
छोटे भाई को बेवजह डांट लगाने की
आदत सब में पायी जाती है।

सड़क पर चलते हुये सीटी बजाने की
महबूबा के आशिक को दोस्तों से पिटवाने की
नयी शर्ट का कालर सबको दिखाने की
आगे बैठकर सबसे पहले फोटो खिंचवाने की
आदत सब में पायी जाती है।

मास्टर जी के वाहन का बैंड बजाने की
प्रार्थना के समय फिल्मी गाना गाने की
स्कूल सदा देर से जाने की
दूसरों के टिफिन से रोटियां उड़ाने की
आदत सब में पायी जाती है।

मोबाइल में बैलेंस सदा कम बताने की
बस में खिड़की वाली सीट हथियाने की
बस कंडक्टर को बड़ा नोट दिखाने की
बिना स्टाप के बस रूकवाने की
आदत सब में पायी जाती है।

क्लास में नानवेज चुटकले सुनाने की
नई लड़की से नोट्स के बहाने बतियाने की
लाइब्रेरी की किताब से पन्नें उड़ाने की
परीक्षा में समय दुश्मन को भी गले लगाने की
आदत सब में पायी जाती है।

धोनी की सेंचुरी पर शर्त लगाने की
भिखारी को बासी रोटी खिलाने की
नयी कार पर नींबू लटकाने की
अकेले रहने पर खिचड़ी पकाकर खाने की
आदत सब में पायी जाती है।

सफर में दोस्त बनाने की
पॉलिटिक्स को गरियानें की
चाय वाले को बातें सुनाने की
भिखारियों से नज़रें चुराने की
आदत सब में पायी जाती हैं।

शादी में सपरिवार जाने की
दूसरों की प्लेट में नज़रें गड़ाने की
ठंड में भी आइसक्रीम उड़ाने की
धीरे से लिफाफा पकड़ाने की
आदत सब में पायी जाती है।

नहाते वक्त बेसुरा गाने की
दूसरों की रस्सी पर कपड़े सुखाने की
आरती की थाली में अठन्नी चढ़ाने की
कथा में सबसे आखिरी में जाने की
आदत सब में पायी जाती है।

पुराने अखबार से रंगीन चित्र उठाने की
डॉक्टर की दवाई टाइम पर न खाने की
न्यूज चैनल देखकर रात में नप्पन सुख पाने की
चाट वाले से चाट में और चटनी डलवाने की
आदत सब में पायी जाती है।

मययत्त में घड़ियाली आंसू बहाने की
सुबह अखबार सबसे पहले उठाने की
बूढ़ों को सरकारी अस्पताल में दिखाने की
बंदर को बेवजह मुंह चिढ़ाने की
आदत सब में पायी जाती है।

◈◈◈

मानव है मानवता की हम वंदना करेंगे
द्वेष रहित सभ्यता की हम अर्चना करेंगे।

होगा पूजन चारों ओर सच और विश्वास का
फैलायेंगे वातावरण हम हर्ष और उल्लास का
श्रद्धा से हम इस धरा की अराधना करेंगे
मानव हैं मानवता की हम वंदना करेंगे.....

दिये जलेंगे घर–घर में समता और विश्वास के
हिंसा एवं युद्ध के समूल विनाश के
हो प्रफुल्लित हर प्राणी यह कामना करेंगे
मानव है मानवता की हम वंदना करेंगे.....

◈◈◈

मंदिर में है अल्लाह बैठे, मस्जिद में भगवान
गांधी तेरे देश का होगा, अब असली कल्याण।

देख मसीह के हाथों में है, चक्र सुदर्शन विष्णु का
बाइबिल है गुरूद्वारे में, गीता के घर पाक कुरान
गांधी तेरे देवा का होगा, अब असली कल्याण.....

शहनाई बजायी होली ने, है ईद की बारात में
नवरोज से मिल रहा गले, पाक माह रमजान
गांधी तेरे देश का होगा, अब असली कल्याण.....

क्रिसमस के आंगन में, जगमग हो रही दिवाली हे
उदित हो रहा मानवता का, सब धर्मों में दिनमान
गांधी तेरे देश का होगा अब असली कल्याण.....

सियासत के घमासान में संविधान मर रहा है
धूमिल हो रही मर्यादा देश की, संसद का सम्मान कर रहा है।

सस्ती नहीं रोटी, दाल भी अब गरीबों के लिए
खुलते महंगे रेस्तरों की बीच, भूख से किसान मर रहा है।

लोग कहते हें, जमीन बंजर हो गयी रासायनिक खादों से
मगर जहरीले धुएं से यहां आसमान मर रहा है।

दौलत के बोझ तले, संस्कार भी हैं दबे हुये
इसलिए तो हर तरफ, सिर्फ इंसान मर रहा है।

हवा की आंखों में बेचैनी सी छाई है
चिड़ियों ने बंद कर दी अब लेनी अंगड़ाई है।

धूप रो रही है किसी निर्जन वन में
आंगन की तुलसी से उसकी बढ़ रही खाई है।

झुण्ड बादलों के अब बगावत कर रहे हैं
क्यों फिर पेड़ों की चालू अंधाधुंध कटाई है।

पहाड़ करना है चाहता खुदकुशी दोस्तों
नदी को भी पसंद आने लगी तनहाई है।

◈◈◈

धर्म–जाति की छिछली बातें इतिहास को दे दो दान
मोहब्बतों की नयी उमंगे, देख रहा है हिन्दुस्तान।

झगड़े मंदिर–मस्जिद के कब्रों में सो जायेंगे
गीता के घर राखी लेकर जब जायेगी पाक कुरान।

देख मसीह के हाथों में है चक्र सुदर्शन विष्णु वाला
गुरूद्वारे में गुरूग्रंथ का बाइबिल करे बखान।

इंसानियत की देख रोशनी खुश है जीसस–राम–रहीम
मुस्कुराता इसे देखकर 'गुंजन' के मन का दिन मान।

नये जगत का मजहब क्या है, इसको भी पहचान जरा
मस्जिद में बजते घण्टे, मंदिरों से आ रही मज़ान।

◈◈◈

रात हंस रही है, सवेरा रो रहा है
अहले वतन गें, अब अंधेरा हो रहा है।

चमन में धूप का, कही नहीं है नामोनिशान
हर तरफ बस, जुगनूओं का बसेरा हो रहा है।

समंदर खामोश है, नदी भी चुपचाप है
काली आंधियों का बस अब फेरा हो रहा है।

आ चुके हैं, शज़र भी निशाचरों की गिरफ्त में
उल्लुओं का हर डाल पर, घेरा हो रहा है।

प्रलय का यह मंजर, सपना नहीं सच्चाई है
हैवानी हवाओं का जगत में फेरा हो रहा है।

◈◈◈

ऊंची सभ्यता के लालच में हम शहर उगाते चले
तोड़कर रिश्ता अपनी माटी से, गांव मिटाते चले।

लो बुझती चली गयी, जीवन के खिलौने की
नन्हें–नन्हें हाथों में हम, अंगारे थमाते चले

नदी, पहाड़, पोखर, झील सबसे नाता तोड़ लिया
उजाड़कर नगर पक्षियों के, हम शहर बसाते चले

तन्हाइयों में गुम होती गयी, आंगन की किलकारियां
मासूमों के कंधों पर, बोझ उम्मीदों का बढ़ाते चले

गीत, ग़ज़ल, दोहों, छंदों से, दूरियां बढ़ती गयीं
गद्दे–भद्दे गानों से, हम नजदीकियां बढ़ाते चले।

बाजार पटता चला गया, मशीनी सामानों से
हुनरमंद हाथों को हम ठेंगा दिखाते चले।

बसा न पाये एक भी राम, अपने मन के मंदिर में
संख्या मंदिरों की मगर, तेजी से बढ़ाते चले।

हुई परायी अपनी हिंदी, कुछ ऐसा माहौल बना
घर–घर अंग्रेजी का परचम, ज्यों फहराते चले।

◈◈◈

किसी शायर के दिल में रहा जो ख्वाब बनकर
निकला हे आज वो ग़ज़ल की एक किताब बनकर।

मुफलिसी के आकाश में धूप के लिये तरसने वाला
चमका रहा अमीरे–ए–शहर को अब आफताब बनकर।

छिपा हुआ था एक गम जो दिल के अंदर बरसों से
टूटी कसम तो सामने आया सवालों का जवाब बनकर।

ये गुस्सा जो दबा हुआ था आंसुओं के तले
बह निकला अवाम में अब, देखो इंकलाब बनकर।

काटों भरी ज़िन्दगी में भी, हर पल रहा जो मुस्काता यहाँ
वही खिला बाग में खिलखिलाता नया गुलाब बनकर।

◈◈◈

चलो एक विश्व बनायें जहाँ अहिंसा का हो संगीत
प्रेम चांदनी बरसाये चन्दा, गाये सूरज प्यार के गीत.....

फूल खिले मानवता के हर दिल की बगिया में
नफरतों के शूल उगे ना कभी भी इस दुनिया में
दिल जो इस देश में समता और विश्वास के
आतंकवाद और हिंसा के समूल विनाश के
अंधकार पर हो प्रकाश की अद्‌भुत और अतुलनीय जीत
चलो एक.....

कब्रों में सो जायें युद्ध और तनाव की बातें
गले मिले एक दूजे से सब धर्मों की सच्ची बातें
सद्‌भाव की किरणों से चमक उठे सारा संसार
जाति नस्ल के भेद मिटा के महक उठे हर मन में प्यार
इंसान कहीं भी जुगत न रहे बनकर भयभीत
रौशनी ही रौशनी हो शांति की जले मशाल
बंधुत्व की भावना की जीवन बने एक मिसाल
लोगों के अंदर ले आकार गांधी, नानक और कबीर
सूफी संतों की यहां चले बस मस्त समीर
अम्बर, धरती, नदियां, सागर, झूम–झूम के गायें गीत

चलो एक विश्व बनायें जहाँ अहिंसा का हो संगीत
प्रेम चांदनी बरसाये चन्दा, गाये सूरज प्यार के गीत।

◈◈◈

जिसका जीवन बीता है, बस कागज़ के गलियारों में
भटक रहा देखो वह अब जीवन के अधियारों में।

पीले हाथ न कर पाया जो, बाप अपनी बेटी के
वहीं लूटी उसकी इज्जत नाते रिश्तेदारों में।

इस बार हम बदल देंगे, इस देश की तस्वीर को
सुन–सुन कर कान पक चुके हैं, चुनावी नारों में।

भूख गरीबी बेकारी, कब मिटेगी पता नहीं
कागज पर मिटा दिया है, अर्थशास्त्री अय्यारों ने।

लोकतंत्र की इज्जत लूटी, मिलजुल सब नेताओं ने
बैठे हैं धृतराष्ट्र यहाँ सब संसद के दरबारों में

कौन पढ़ेगा कौन लिखेगा सच्चाई की ताकत को
झूठी खबरें छपती हैं, सब बाजारू अखबारों में।

◈◈◈

तुम नगीना हो खुदा की आंखों का,
या खुद खुदा हो हमदम
जब सोचता हूँ ये तो बस
मैं तुममें डूब जाता हूँ.....

तुम किरण हो उजली किसी शहर की, या
खुद सुबह की धूप हो
जब सोचता हूँ मैं ये तो बस
मैं तुममें डूब जाता हूँ.....

तुम मोती हो किसी समंदर का
या मोतियों का समंदर हो
जब सोचता हूँ मैं ये तो बस
मैं तुममें डूब जाता हूँ.....

तुम नदी की अविरल धारा या
खुद नदी हो प्यार की
जब सोचता हूँ मैं ये तो बस
मैं तुममें डूब जाता हूँ.....

तुम बहती झील की आंखें हो, या
आंखों की झील हो
जब सोचता हूँ मैं तो बस
मैं तुममें डूब जाता हूँ।

पीपल की हरियाली बाहों में सोना चाहता हूँ
गांव की महकती धूल को आखों से छूना चाहता हूँ।

मैं चाहता हूँ मरना मिट्टी के किसी आंगन में
तितलियों के नयनों की खुशबू को चूमना चाहता हूँ।

आम, अमरूद, बबूल, नीम सबके दिल की धड़कन बन
अपनी दिल की धड़कनें मुस्काते बागों को देना चाहता हूँ।

मैं लिपट कर चाहता हूँ रोना ममतामयी गाय के आंचल से
बकरियों, भेड़ों, भैंसों के संग झूमना चाहता हूँ।

चाहता हूँ भूसे के ढेर पर सोते हुये मधुर नींद पाना
गोबर, कीचड़, चारों से हाथों को सजाना चाहता हूँ।

चाहता हूँ बनना मंदिर के घण्टे की ध्वनि, अजान मस्जिद की
मेलों की दुकानों में चूड़ियां बन कर रहना चाहता हूँ।

बूढ़ों की खांसी बनकर, चाहता हूँ मैं यह कि सुबह सवेरे
दादी की मीठी कहानियों में खुद को देखना चाहता हूँ।

शहर की राहों में चलते हुये बस कागज के कंकड़ भरे जेब में
मिट्टी के कंकड़ों से दिल खोलकर खेलना चाहता हूँ।

◈◈◈

इन टूटी हुई चूड़ियों का हिसाब कौन देगा
हर घर से उठती हुई सिसकियों का हिसाब कौन देगा।

कौन देगा जवाब इन मासूम आखों के सवालों का
इन बिखरी हुई मासूम किलकारियों का हिसाब कौन देगा।

फिर से दहशत के परिंदों ने, फिजाओं में उड़ना शुरू कर दिया
नफरत और हिंसा की उठ रही लपटों का जवाब कौन देगा।

कहीं ये साजिश तो नहीं सियासत की, सोच मन सिहर उठता है
सियासत की गलियों में पर हो रही बेवजह दावतों का जवाब कौन देगा।

हथियारों के सौदागरों का बाजार भी गर्म हो गया
पर देश की बिगड़ी सूरते हाल का जवाब कौन देगा।

◈◈◈

सफर में चलते हैं तो अब ये डर लगता है
नज़र को लुटेरा हर हमसफर लगता है।

लुटा वही जिसने खाया जहर प्रसाद समझकर
आज की दुनिया से वो कितना बेखबर लगता है।

जब हो जाते हैं कुछ लोग चौराहों पर तख्तियां लेकर
कुछ को ये तमाशा, तो कुछ को ये गदर लगता है।

शहर की मिट्टी से भी आने लगी गांव की खुशबू
ये किसी झमाझम बारिश के पानी का असर लगता है।

अभी उसकी शाखों पर है जिंदा घोसले परिंदों के
सोचकर कितना खुश इस बात को बूढ़ा शज़र लगता है।

◈◈◈

भीनी–भीनी हरियाली की खुशबू मनभावन लाये हैं
तोहफे में हम तुझको देने प्यार का सावन लाये हैं

चिड़ियों की मीठी सी बाणी, कल–कल बहता झरना का पानी
तितली की मुस्कान संग भवरों का गंजन लाये हैं

उजली भोर की के सुन्दर धूप, रंगों का इंद्रधनुषी रूप
जल की बूंदों से सजा हुआ, पत्तों का दामन लाये हैं,

बच्चों की कागज की नाव, मेघों की ममतामयी छांव
वसुंधरा के मन मंदिर का सेणा साजन लाये हैं

झूलों की चंचल चंचलता, फूलों की अनुपम कोमलता
हवाओं की वीणा से निकला पुरवैइया गायन लाये हैं

तोहफे में तुझको देने प्यार का सावन लाये हैं
नन्हें पौधों की किलकारी, महक रही है जो फुलवारी
खिलखिलाते हुए चमन का हंसता आंगन लाये हैं।

◈◈◈

तोहफे में हम तुझको देने
प्यार का सावन लाये हैं.....

तालों की बहती जल धारा
तरणतालों का जादुई पिटारा
रंग–बिरंगी मछलियों की
दिल की धड़कन लाये हैं
तोहफे में हम तुमको देने
प्यार का सावन लाये हैं.....

मयूरों का गुनगुनाता मन
मेघों का मुस्कुराता मन
सोलह श्रृंगार की हुयी जगत की
शर्मीली दुल्हन लाये हैं
तोहफे में हम तुमको देने
प्यार का सावन लाये हैं.....

बारिश का मनमोहक संगीत
निकला खवों से है जो गीत
अंबर के सितर से निकली
गमन नूतन लाये हैं
तोहफे में हम तुमको देने
प्यार का सावन लाये हैं.....

◈◈◈

पिता जी की पसीने से तर बनियान को देखता हूँ
तो एक सवाल उठता है
कि इसमें उनकी कितनी आकांक्षाओं का लहू मिश्रित है
फिर अपने लहू को देखता हूँ तो सोचता हूँ
कि इसमें उनका कितना पसीना मिला हुआ है
उनके चेहरे की चमक को
न जाने कितनी बार जेठ की धूप ने चूसा होगा
कितनी बार उनकी मुस्कान को
पूस की सर्द हवाओं ने मिटाया होगा
इन सबसे बेखबर मैं क्यूं रहता हूँ
वे अपनी आंखों के सपनों को मेरी आँखों में से देखते हैं
पिता अंदर अपनी परछाई देखते हैं
और मैं उन पछाइयों में उनके सपनों का प्रतिबिम्ब
शायद इसी तरह हम एक–दूजे में रहा करते हैं।

◈◈◈

लिखना है तो औरत के संघर्ष का इतिहास लिख
बिना राम के यशगायन के सीता का वनवास लिख।

पौरूष की कोरी गाथाएं करके बंद पिटारे में
वीरांगनाओं के बलिदानों का नया एक अहसास लिख।

जमीजोद हो जायेगी गुजरे जमाने की प्रेम कहानियां
नये जमाने के लिए प्रेम वचनों का नया एक आकाश लिख।

टूटे सपने जोड़ दिलों को जो प्रेम का सावन बरसता है
आशाओं और आकांक्षाओं के मेघों से भरा एक नया मधुमास लिख।

◈◈◈

सावन की पुरवाई है, किरणों की अंगड़ाई है
तेरे मेरे बीच के बंधन के ये ही सच्चाई है।

फूलों की तरूणाई है, गीत ग़ज़ल रूबाई है
तेरे मेरे बीच के बंधन के ये ही सच्चाई है।

सरिताओं की रवानी है, पानियों पर लिखी कहानी है
तेरे मेरे बीच के बंधन के ये ही सच्चाई है।

सागर की गहराई है, चांदनी रात की परछाई है
तेरे मेरे बीच के बंधन की ये ही सच्चाई है।

मीठी वाणी तू हवाओं की, हरियाली से सजी फ्रिजाओं की
दिवाली के दियों जैसी धड़कनों जगमगाई हैं
जीवन में उमंगों की पावन ऋतु अब आई है
तेरे मेरे बीच के बंधन के यही सच्चाई है।

उलझनों की दुनिया मिलकर हमसे अब घबराई है
देखकर एक दूजे की अपने आखें दुल्हन की तरह शरमाई है
तेरे मेरे बीच के बंधन को ये ही सच्चाई है।

◈◈◈

नभ के तारों जितना खोलो अपने मन का तुम आकाश
सूर्य उगेंगें आशाओं के तब पैदा होगा विश्वास.....

आंगन में दुर्बलताओं के अंधियारों को रोना होगा
सफलताओं की किरणों का हर तरफ सोना होगा
सपनों को भी लगेगा होने उजालों का उज्जवल आभास
नभ के तारों जितना खोलो अपने मन का तुम आकाश
सूर्य उगेंगें आशाओं के तब पैदा होगा विश्वास.....

प्रेरणाओं के दीप जलेंगे, उमंगों से जगमग सीने में
वैभव की ज्योति से आनंद आयेगा तब जीने में
तेरे नयनों के सागर में ज्वार भरेगा एक उल्लास
नभ के तारों जितना खोलो अपने मन का तुम आकाश
सूर्य उगेंगें आशाओं के तब पैदा होगा विश्वास.....

◈◈◈

शांति पथ पर चलने वालों पुनः जरा पर आओ उतर
रक्तरंजित है यह भूमि पावन आकर देखो जरा इधर

मानवता कराह रही है हथियारों के शोलों से
युद्धों में बंदूकों की आग उगलते गोलों से
सागर, नदियां, पवन सभी पर काला धुआंसा छाया है
गांव, शहर, जंगल में घर–घर मुर्दहिया मातम छाया है
अहिंसा की सितार से निकले सुर है सारे गये बिखर
रक्तरंगित है यह भूमि पावन आकर देखो जरा इधर.....

मोहब्बतों की खुशबू फैलाने वाले फूल भी मुरझाये हैं
नफरतों की तीखी धूप की बढ़ा रही यातनायें हैं
द्वेष, घृणा, उन्माद सभी की दुनिया तो आबाद हैं
भावनाएं सौहार्द भाव की बस कर रहीं फरियाद हैं
कि इससे पहले हो जाये ये जहां बद से बदतर
शांति पथ पर चलने वालों पुनः घरा पर आओ उतर
रक्तरंजित है यह भूमि पावन आकर देखो जरा इधर.....

◈◈◈

मां फिर से खिला दे एक निवाला मुझे
नहीं चाहिये किसी परदेश का प्याला मुझे

तू ही ईश्वर, तू ही मंदिर, तू ही जीवन ज्ञान है
तू ही छंद आरती की और तू ही वेद पुरान है
पत्थरों का मंदिर नहीं चाहिये, मन का तेरे शिवाला मुझे
मां फिर से खिला दो एक निवाला मुझे

तू चिड़ियों को चुग्गा खिलाती आज भी ममता और दुलार से
रिश्तों की टूटी गांठ है जोड़ती कितने ही प्यार से
तेरी संस्कारों के गहनों से मन का मुख चमकता है
अधियारों असफलताओं पैरों में दुआओं के अब गिरता है
तेरे आशीर्वाद के इक बार ओढ़ा दे दुशाला मुझे

◈◈◈

कितना रोया हूँ रात भर मैं छिपकर रजाई में
पता इस बात का लोगों को वो भीगा तकिया बता देगा

अक्सर देखते हैं लोग मेरे दिल को शक की निगाहों से
इस बात का शक मेरे दिल को चैन से जीने नहीं देता।

खड़ा हुआ हूँ मैं उलझनों को कड़ी धूप में
तलाशने किसी के प्यार की छांव अभी तक पूरी नहीं हुई।

कैसे घुलूंगा मैं आंसुओं से सनें दिल के दाग को
जिसे नुस्खे दिया है जिसे मैने दिल दिया है।

अभी मेरी किसी चोट पर मरहम लगाने की बात न कीजिए
मुझे अहसास है शायद अभी वो चोट पर फिर चोट देगा।

बोझिल सासों के साथ ज़िन्दगी जी रहे हैं हम हरदम
बस किसी की सांसों के हिफाजत के लिए ही ये कदम उठा रखा है।

लूट कर सारे ख्वाब मेरे उसने अपनी नींद को दे दिये
नींद उड़ाकर मेरी देखिए वो खुद चैन की नींद सो रहा है।

भीगी आंखों से चाहा था पढ़ना मैनें दिल की किताब को
पर न मालूम था कि प्यार की गलियों में भी अंधेरा मिलेगा।

तनहाइयों ने दिल को धकेला है उदासियों के समंदर में
डूबी हुई विश्वास की धड़कनें इस कदर छटपटा रही है।

तड़प दिल की कागज पर उतार दी हमने लेकिन
नहीं रोक पाया आंसुओं की बहती नदी को सैलाब बनने से

धुंध के चादर में लिपटी हुई ख्वाहिशों को पढ़ने की बात न कर
इतना आसान भी नहीं होता प्यार के शब्दों की जादूगरी का रंग भरना।

तमन्नायें मिलकर उलझनों से आसुओं का शिकार हो गयीं
चाहत को बस चाहत तक हम रहने देते तो फिर ये सितम न होता।

◈◈◈

हर तरफ नीर है समंदर की आंखों का
मौन बस्ती है, पसरा हुआ सन्नाटा है
सूरज की आंखों का उतरा है लहु धरती पर
वसुंधरा ने इंसान के मुंह मारा गहरा चाटा है।

दर्द की आवाजों के बीच पर सिसकियां भी उठ रही हैं
हर तरफ बेगुनाहों की डोलियां भी उठ रही हैं
ये सजा भी काफी नहीं, अभी धरा और दिखायेगी
मानव को अपनी ताकत का लोहा भी दिखायेगी।

◈◈◈

आरक्षण की आग में मानवता शर्मसार हुई
हिंसा के चलते आम आदमी की ज़िन्दगी दुश्वार हुई।

राजनीतिक फायदों से गर्म हो गया कफन का बाजार देखिए
खूनी विचारों से प्रदूषित हो आबरू शहर की तार–तार हुई।

जले घरों से मासूमों की सिसकियां पूछती हैं सवाल हमसे
आग की इस होली में रंग कर हाथ आखिर किसके
आंगन की ज़िन्दगी गुलजार हुई।

नफरतों के सौदागरों को बस आरक्षण का एक
आंखों में अंगार लाने के लिए हैवानियत की
ओर से कोशिश हर बार हुई।

◈◈◈

किताबों में नदियों के मातम की कहानियां लिखी जायेंगी
धूप, हवा, परिंदों की बेहिसाब तनहाईयां लिखी जायेंगी।

कुदरत की अदालत में मुकदमा चलेगा जब इंसानों पर
तबाहियों के लव में धरती पर हजारों रूसवाइयां लिखी जायेंगी।

लालच के वीर्य और कोख की कोख से जन्में प्रदूषण के चलते
युगों–युगों तक मानव की सभ्यता पर उठेंगे प्रश्न चिह्न
धर्म ग्रंथों की नासमझियों पर फिर सख्त टिप्पणियां लिखी जायेंगी।

◈◈◈

आंगन में नहीं है अब चिड़ियों की चहचहाटों का शोर
ये घर अब मुझे किसी खाली मकान सा लगता है।

भावनाएं जल रही हैं रिश्तों के हाथ से
सच तो ये है कि मुझे किसी श्मशान सा लगता है।

खुद की ज़िन्दगी बनाई हमने मगर कुदरत को उजाड़ के
ज़िन्दगी का हर एक पल हमें झूठा अरमान सा लगता है।

◈◈◈

कुछ छांव के कांटे जब भी प्रेम के पथ पर आते हैं
अभिलाषाओं की धूप के पांवों को भी वे छलनी कर जाते हैं।

मन की हर वेदना पर अपशब्दों का जाल बिछाकर
स्वाभिमान की हर एक बात को अंदर तक छल जाते हैं।

नई सुबह की नई किरण के विश्वास के इंतजार में
हृदय व्यथित है कलुष्ति अविश्वासों के गहरे प्रहार में
पपरम्पराओं, रिवाजों, महत्वाकांक्षाओं के नये
भंवर फिर जीवन पर सताते हैं।

कुछ छावों के काँटे जब भी प्रेम
के पथ पर आते हैं।

◈◈◈

प्रेम के पथ पर मिलने वाले अंगारों को फूल बना दो
तोड़ बेड़ियां परम्पराओं की, नई सोच के नये उसूल बना दो

जीवन की परिभाषाओं के फिर अर्थ मुस्कुराएंगे
नव अंकुर उमंगों के बगिया में मन की देखो उग आयेंगे
जो भी भूले हुई भूल से उनको अतीत की भूत बना दो
प्रेम के पथ पर मिलने वाले अंगारों को फूल बना दो
तोड़ बेड़ियां परम्पराओं की, नई सोच के नये उसूल बना दो

पतझड़ आकर मौसम भी रंग–बदलता रहता है
पुष्पों की अभिलाषाओं का मन फिर भी हरित ही रहता है
नई फिजा और नई हवा से को विश्वासों का मूल बना दो
प्रेम के पथ पर मिलने वाले अंगारों को फूल बना दो
तोड़ बेड़ियां परम्पराओं की, नई सोच के नये उसूल बना दो

प्रेम के पथ पर मिलने वाले अंगारों को फूल बना दो
तोड़ बेड़ियां परम्पराओं की, नई सोच के नये उसूल बना दो

◈◈◈

बदल गये जीवन के भूगोल के रिश्तों के मानचित्र
उलझे हुए हैं लोग अब दिल की सरहदों की लड़ाई में।

बाजारों में मिट्टी है, खिलौने बेचने वाला बस ये सोचता है
कि कैसे लाये वो अपनी बच्चों के लिए खिलौने इस कमाई में।

बहुत लोगों के अंदर मैनें दुनियादारी जब बनती देखी
अपनी दुनिया छिपा ली मैनें अपनी ही परछाई में।

जब से धुएं ने आसमान में चलना फिरना सीख लिया
कहां से लाये शीतलता की खुशबू बहती हुई पुरवाई में।

रोगीले लोगों की किस्मत में बस ताने मीखने भरे हुये हैं
दुआओं की एक खुराक चाहिए बस उनकी दवाई में।

जब भी सोचा कि मैं खुद से खुद की एक गहरी बात करूं
औरों की कुछ बातों के चलते ये बात पड़ गई खटाई में।

◈◈◈

लोग उन्हें भगवान की तरह पूजते हैं
जिनके मंदिरों में लाशों का व्यापार होता है।

सीखने जाते हैं ज़िन्दगी के गुर वहाँ
जहां ज़िन्दगी के संग ही हर रोज़ बलात्कार होता है।

और मैं नहीं ये कहता, तू बुत परस्ती मत कर
पर बुत बन उन्हें पूजने से, खुदा भी शर्मसार होता है।

◈◈◈

कहीं बन न जाये सांप आस्तीन में डरता है हर कोई इस बात से
पर दूसरों के आस्तीनों में सांप बनकर हैं रहता हर कोई।

दिमाग में बस रहती है गिरगिटी चालों की गर्मी उसके हरदम
दूसरों के घर देखकर खुशियों की बस है जलता हर कोई।

ढूंढता रहता है औरों के अंदर वह बुराईयों का समन्दर
अपने मन के अंदर की तहकीकात करने से है डरता हर कोई

◈◈◈

हवा की आंखों में भी ये धुआं आंसू ले आता है
यकीन न हो तो किसी उदास परिंदे को देख लेना।

उड़ानों के लिए जो निकला है बादल है गम का मारा भी
अगर यकीन न हो नदी के सूखे अंधरों को देख लेना।

इक दर्द है जो धूप की आंखों से है बहता रहता हरदम
महसूस हो करना गर तो मुरझाई सूर्यमुखी को छू लेना।

◈◈◈

उनसें पूछो हैं जिनके लाल खो गये बलिदानों में
बंद करो ये युद्ध पर चर्चा अकादमिक दुकानों में।

कफन ओढ़ तिरंगे का, था पहुंचा जिसका शव शमशानों में
उनके खातिर अब बारूद बिछा दो, आतंकी मकानों में।

गूंज रही अब यही पुकार, गांव खेत खलिहानों में
उठो धरा के नये सपूतों, अब मत बैठो वीरानों में।

◈◈◈

आदमी की आदमियत जल रही शमशान में
दाग दे रही हैवानियत, देखिये शमशान में।

सबके ह्रदय के कंधों पर है, अर्थी इमान की
रोज जा रही यह शवयात्रा, देखिये शमशान में।

अकाल मृत्यु हुयी सच की, युग अभी पलता नहीं
खोद दी कब्र मगर, देखिये शमशान में।

◈◈◈

कागज़ी ज़िंदगी से, किताबों को हटाके देखो
अपने नाम के आगे से खिताबों को हटा के देखो।

देखो धूप कैसे चूसती है पसीना किसी मजदूर का
देखो ख्वाब अपने आखों से किसी भूखे मजबूर का।

अपने से ढगें ख्वाबों को मगर अपनी आखों से हटा के देखो
कागजी ज़िन्दगी से किताबों को हटा के देखो।

◈◈◈

तुम्हारी आवाज़ का मेरी धड़कनों पर कुछ ऐसा असर होता है
तारों की महफिल में चांदमा जैसे सुहाना सफर होता है।

मेरे मन के आसमान पर जब उमड़ते हैं बादल प्यार के
उनके दिलों में भी मुहब्बतों का एक खुशनुमा मंजर होता है।

धड़कनें समझती हैं धड़कनों की दिल की धड़कन को
एक दूजे से अलग रहने में अब नहीं यहां गुजर होता है।

◈◈◈

कोई अपने मन की खुशबूओं का आसमान दे दो मुझे,
अपनी धड़कनों की मैं उसे सारी जमीन दे दूंगा।

और समझ लेना मेरी सांसों की नज़र को, अपनी नज़र से
उसके सासों के समंदर को अपने प्यार की बहती नदी दे दूंगा।

मांग कर देखें तो कोई एक बार रूह की जन्नत मुझसे
उसकी रूह की मुस्कुराहट को अपनी बंदगी दे दूंगा।

◈◈◈

कुछ लोग जो मां के मंदिरों में मत्था टिकाते हैं,
कोख की कली को ये ही ज़हर का प्याला पिलाते हैं।

ऐसे पाखंडियों को क्यूं नहीं देखता है भगवान
बेटियों की हर रोज जो निर्मम बलि चढ़ाते हैं।

उपकार राम के नाम का लगाते हैं जोर शोर से
अपनी बेटियों पर रावण बन गहरा जुल्म ढाते हैं।

◈◈◈

वे खामोशी से अपने वतन की बेटियों का दर्द देखते रहते हैं
जिनके हृदय में पुरूषत्व का कोरा अंधकार भरा रहता है।

मिटा दी जाती है सैकड़ों कलियां रोज कोख में यहाँ
कुछ लोगों की आंखों का पानी फिर भी मरा रहता है।

इस दुनिया में कीमत है बस बेटों की पैदाइश की
बेटियों के आने से क्यूं आंगन में मातम सा पड़ा रहता है।

◈◈◈

मां के हाथ की चूड़ी को
जब मैनें गौर से देखा
तो नज़र आयी उसमें पूरी दुनिया

पूरी दुनिया के माओं की ज़िन्दगी
भारतीय स्त्री की कठिन परिभाषा
एक गृहणी की छोटी सी अभिलाषा

पर नज़र जैसे ही पड़ी
माँ की मुरझाई हुई कलाईयों पर
मुझे नज़र आयी
स्त्रीत्व के मजबूत हाथों पर पुरूषत्व की
पाबंदी, गुलामी बेबसी एक सुहागन स्त्री की।

◈◈◈

तहजीब की अब नुमाइश लगने लगी है
कुछ इस कदर है बदल रहा जमाना।

मिलते हैं लोग दिलों में फासले रखकर
कहां रह गया जहांन में अब सच्चा याराना।

ईमान की बोली बाजार में है लगा रहे
है पास जिनके बेईमान का खजाना।

वक्त के अंगारों बीच लोग जिएं तो कैसे जिएं
जवाब मालूम पड़ जाये, गर तो बतलाना।

◈◈◈

बेचकर आया है गेहूँ सेठों के हाथ में
नकदी भी रख आया हरी–भरी सेठों के हाथ में,
खाली हाथ लौटना सोचता कि रोटी कैसे बनेगी
भूख भी वह गिरवी रख आया है
वह सेठों के हाथ में
बेटी का सुनहरा सपना
बेटे का सम्मान भी
रख आया है वह सेठों के हाथ में।

◈◈◈

सपनों के बीज जो मैनें
बचपन में बोये थे अपने मन में
उसका पौधा धीरे–धीरे बड़ा हो रहा है
पर लग रहा है फल उसका मुझे अब विषैला
घिर गया हूँ अपनी आत्मा के अंदर
न झुकने वाली इच्छाओं की शाखाओं से
जैसे–जैसे बड़ा हो रहा शहर महत्वाकांक्षाओं का
मैं उन्हीं सपनों के बीज फिर बो रहा हूँ
किसी के मन में।

◈◈◈

बाढ़ हो, भूकम्प हो, या चाहे कोई सुनामी हो
प्रतिशोध नहीं यह धरती के इंकलाब का प्रतीक है।

प्रश्न प्रदूषणों के हैं खड़े हुये, जो मुह बायें सुरसा की
तरह
उनके लिये इससे बेहतर, नहीं जवाब कोई सटीक है।

मधे बढ़ रही हैं दूरियां इंसान और प्रकृति के मध्य
आप कह रहे हैं कि मानव, चांद के नजदीक है।

◈◈◈

प्रेम के हाथों में अमन की मसालें हैं
आशाओं की रोशनी से अंधेरा मिट जायेगा।

काफिले चलेंगे जब प्यार की हवाओं के
नफरतों के बादल का साया छट जायेगा।

किरणें मोहब्बत की जब मुस्काने जायेंगी
बुझे हुये चेहरों पर सूरज जायेगा।

अधियां रूकावटों की खुशियां न रोकेंगी
जमीं का मन में तूफान छा जायेगा।

◈◈◈

धुएं के खंजर इस कदर बिखरे हैं हवाओं में
कि धूप भी किसी कोने में लहुलुहान हो बैठी है
और इंसानों के फैलाये हुये लालच के जंजाल से
कि किरणें भी कहीं बेजुबान बैठी हैं।

सपनों में परिंदों को अब दिखती केवल
स्याहरात है
पहरे पड़ गये रंगीन उड़ान पर
ये प्रदूषण का कुठाराघात है।

◈◈◈

धरती की इन अदालतों में अब कोई मुकदमा न भेजिये
जहां इंसाफ का कत्ल हो वहां इंसाफ नहीं मिलता।

सोच के गंगाजल से धोया मैनें अपनी आंखों को
मन के नयनों को कोई फिर भी इंसा यहां साफ नहीं मिलता।

नकली रत्नों से सजे हुये सस्ते बाजारों में
रह–रह कर हम ढूंढ रहे
चाहो फिर भी कभी कभी कोई
इंसान से भरा सर्राफ नहीं मिलता।

◈◈◈

दौलतों को मंदिरों के तहखानों में
हिजाफत से रखना
समय से परे है।
लालच छोड़ने का उपदेश देते जो पुजारी थे
वे ही गुनहगार हो गये
लेखनी भी बाजार के हाथों जब्त हो गये
बिकने को तैयार
कुछ उन्मादी विचार लेने वाले पत्र
अब बिकाऊ अखबार हो गये।

◈◈◈

अपने भीतर जिद भी रखिये दिल के कुछ पैमानों में
आते फिर न देर लगेगी तुमको फिर मयखानों में।

चोटें हो या मरहम कोई कह दो जिससे कहनी है
अपने दिल में घोल पियोगे तो जाओगे फंस अफसानों में।

भीतर–भीतर रहने वाले अब खुद बाहर आ जाओ
देखो दुनिया है कितनी छोटी सोचके सोपानों में।

◈◈◈

रूठे लोगों की आखें अक्सर, सच्ची बातें कह जाती हैं
फरेबी लोगों को इस बात का समझना आसान नहीं है।
अमीर और गरीब दोनों के लिए अलग है रोटी के मायने
पेट के भूगोल में भूख का गणित समझना आसान नहीं है।

◈◈◈

पुराने रिवाजों से घिरे लोगों से नई सोच की बात मत कीजिए
ये लोग अभी भी किसी बीमारी को बुरी हवा का नाम देते हैं।
दी जाती है जब किसी बीमार को दिल के अंदर से दुआ
ठीक होने पर लोग उस दुआ को दवा का नाम देते हैं।

◈◈◈

शहरीकरण के श्राप का यह कुत्सित प्रभाव है
बदल रहे हैं हजारों घर दिन मकानों में
मदिर, मस्जिद, गुरूद्वारा की बात तो छोड़ो
बिक रहे हजारों खुदा हर दिन दुकानों में।

◈◈◈

उड़ कर चली जानी चाहती है
रोटी अमीर की प्लेटों से गरीबों की थाली तक
पर फंसकर महंगाई के लम्बे जाल में
वह खुद को बहुत बेबस महसूस करती है।

◈◈◈

तेरी आंखों में प्यार के समंदर के सिवा
कुछ भी नहीं देखा हमने
शायद इसलिए दिल की धड़कनों की नदी को
हमने इसमें डुबोया है।

◈◈◈

चाह रहा हूँ हमसफर मैं बस एक सफर के वास्ते
खुशबुओं की हवाएं मैं मन के समंदर के वास्ते
धड़कने तो इश्क की नजर का आफताब है
चाह रहा हूँ मैं एक किरण बस इस नज़र के वास्ते।

◈◈◈

धूप आशाओं की उमंगों के आसमान से निकलती है
किरण कामयाबी की विश्वास के दिनमान से निकलती है
तू अंधेरों के हौसले तोड़कर ये साबित कर दे कि
उजालों की उड़ान तेरे मन के जहान से निकलती है।

◈◈◈

बीज तारों के बोये जाते हैं आसमां
में चांद की निगरानी में
मतलब यह है कि खुदा करता है
उजालों की खेती इस जहां के लिए।

◈◈◈

बहुत संभाल कर रखे थे हमने उजाले
उनकी यादों के अपने दिल में
मगर अविश्वास के अंधेरों ने ही लूट लिया
हर विश्वास को।

◈◈◈

ओढ़नी दुआओं की जो डाली है
हमने प्यार के नन्हें पौधों पर
मागर हवा का देख अभी उसे ही
उड़ा के ले जाना चाहता है।

◈◈◈

विरह की वेदना भी एक खुमार है
उलझनों में देखिये तो बस प्यार है
चाहतों की तुम्हारी नदी के लिये
धड़कनों का समंदर बेकरार है।

◈◈◈

धूप सेहरा पहन कर आंगन तक आना भूल गयी
कलियों का सिंगार भी सूना–सूना सा लगता है
हवाओं की हाथों की मेंहदी का रंग फीका पड़ गया
चमन में नई बजती शहनाइयां सावन के झूलों की

◈◈◈

सरिताओं के जल पर इंसानों ने जब से कालिख लगायी है
अपने लिए इक दर्पण नया खोज रहा है चांद।
कैसे रोका जाये इंसानों को वहां बस्तियां बनाने से
देखकर जमींन की बिगड़ी सूरत, बस यही सोच रहा है चांद।

◈◈◈

सपनों के सफर में आज एक सपना मिल गया
यादों को नीदों में कोई एक अपना मिल गया।
मेरी रूह लिपट कर रोई जो उनकी रूह से दोस्तों
मन को सजाने वाला प्यार का गहना मिल गया।

◈◈◈

अगर यूं ही जारी रहा परिंदों का मरना यहाँ
इंसान को इंसान नहीं फिर शिकारी कहा जायेगा।
जो नन्हें पाँव दौड़ पड़ते थे उनकी चहचहाहट सुनने को
उन घरों के आँगन यूं ही सूना रह जायेगा।

◈◈◈

मजाक समझकर खेलते रहे लोग मेरे हर अहसास से
हद तो तब हो गयी जब अहसासों ने भी मेरा मजाक बना दिया
मेरी खामोशी को रोक रखा था मैनें अंगार बनने तक
उससे पहले ही मेरे मन के अन्दर को खाक बना दिया।

◈◈◈

बचपन वाले खेलों से अब बचपन महरूम
हिंसा वाले वीडियो गेम मचा रहे खूब धूम
विलुप्त हो चुकी सरस्वती, अब यमुना की बारी
इंसानों ने पहले से कर रखी है अर्थी की तैयारी

◈◈◈

बदल गये अदालतों के सिद्धान्त देखिये
गुनहगारों को इनाम में मिलती है जमानत
है जिस शख्स के अंदर बसा लालच का समंदर दोस्तों
मुट्ठी में है उसके हाथों को इस दौर की सियासत।

◈◈◈

डरते हैं सफर में अब लोग दोस्त बनाने से
हर मुसाफिर समझता है बस औरों को लुटेरा
बिना मजबूरी के है नहीं कोई खेलता जहर से
पेट भरने की खातिर ही, कोई है बनता सपेरा।

◈◈◈

ये बच्चे बारिशों में कागज की नाव नहीं बनाते
शहर की परवरिश ने इन्हें इस हुनर से दूर रखा है
गंवई घरों के आंगन में मिल जायेगा इक ऐसा कोना
जहां मिट्टी का भालू, शेर, हाथी और एक लंगूर रखा है।

◈◈◈

यह अंधेरों का नहीं उजालों का शोर है
बदलाव की होने वाली इक नयी भोर है
गूगें दिलों में भी क्रांति की आवाज आ गयी
हो रहा ये शंखनाद अब चहुं ओर है।

◈◈◈

गांव की धूल की आंखें है तलाश रही उस शख्स को
गांव की आंखों में धूल झोंकर जो शहर चला गया है।
बरगद के हाथ चाहते हैं देना सजा उस कारीगर को
उसके शाखों की लकड़ियां जो कोठियों में सजाने आया है।

◈◈◈

मचल जाता है आज भी मेरा मन खिलौनों के लिए
देख लेता है जब किसी बच्चे को में मेले में रोते हुये
मैं अक्सर रहता हूँ सूरज चांद सितारों के संग आसमान में,
चर ये हँसी दुनियां मिलती हैं ख्वाबों में मुझे सोते हुये

◈◈◈

महक रहा है उसके जीवन का पौधा मेहनत की खुशबू से
लू के गर्म थपेड़ों के बीच जिसने उसे पसीने से सींचा है
इस काले वर्तमान का इतिहास भी तो काला होगा
बता खुदा कि आने वाले कल में अब कैसे उजाला होगा।

◈◈◈

आ रही है आंसुओं की, उस घर के खाने से
लगता हे घर के बंटन पर, बर्तन सूख रोये हैं।
बुजुर्गों की कर्कश खासियां, खामोश हैं रात को
बच्चे घर के चैन से, लेकिन आज नहीं सोये हैं।

◈◈◈

मैं अपने दुश्मनों से गले नहीं मिलता लेकिन
परछाइयां रस्ते में एक दूजे से लिपट जाया करती हैं
दूरियां कुछ भी नहीं, बस मन पर जमीं काई है दोस्तों,
धूप निकले अगर दिल से मोहब्बत की तो ये मिट जाया करती है।

◈◈◈

चूमके चला था जो अपनी, मां के कदम, सच के रस्तों पर
वही रस्ते अब उसके कदमों के निशान चूमते हैं
दुआएं लीं थी जिसने खुदा से पहले अपने मां–बाप की
खुदा भी अब उन दुआओं का असर लेकर घूमते हैं।

◈◈◈

ए अमीरी अपना चेहरा मन के आइने में मत देखना
कहीं ऐसा न हो कि तुझे खुद से नफरत हो जाये
ए गरीबी सर उठाके चलाकर लोगों के सामने
क्या पता कल तेरी अमीर–ए–शहर पर हुकुमत हो जाये।

◈◈◈

प्यार की धूप दिल के सूरज से निकलने दो
अमन की पौधों को पूरी तरह से खिलने दो
कहीं ऐसा न हो, नफरतों की दीवारें ठक ले उन्हें,
मोहब्बत की खुशबू की हवाओं में बहने दो।

◈◈◈

तितली कहती है फूलों से भर आंखों में पानी
इंसान करता जा रहा है बस अपनी मनमानी
उजड़ गये घोसलें सारे, उजड़ गये सब बाग
फिर भी लालच की बढ़ती जा रही है आग।

◈◈◈

आसूओं की मुस्कान में बसे हुये भगवान हैं
हैवान दिल वाले लेकिन इस बात से अनजान हैं
नंगी तलवार ले घूमते बेगुनाहों के आशियाने उजाड़ने
आप बताइये कैसे कह तूं ये लोग इंसान हैं।

◈◈◈

शहीदों की कुर्बानियों की हैं भूल गये लोग मिसालें
लोगों के मन–मस्तिष्क पर पड़ गये हैं तालें
गांधी–लेनिन स्टालिन के कभी पूजे जाते थे विचार
विश्व–पटल पर आज छा गया है परमाणविक हथियार।

◈◈◈

दिलों को दिलों से मिलाना जरूरी है
आदमी को आदमी बनाना जरूरी है
चीरते हैं जो रोज रिश्तों को यहाँ
उन्हें फिर से इन्सान बनाना जरूरी है।

◈◈◈

राजनीति के आसमान में दिनमान तलाशता हूँ
इंसानों के बीच रहकर भी सच्चा इंसान तलाशता हूँ
मंदिरों में आजकल भगवान नहीं मिलते दोस्तों
आसूओं की मुस्कान में मैं भगवान तलाशता हूँ।

◈◈◈

सूखा हुआ है आंख का पानी उबाल कहां से आयेगा
शहादतों की अस्मिता का सवाल कौन उठायेगा
लूटती लोकतंत्र की आबरू को देखते हैं तमाशाई बनकर,
हाथों में इंकलाब की जलती मशाल अब कौन उठायेगा।

◈◈◈

हमने धकेला है गुमनामी के अंधेरों में सदा हो उन्हें
जिन हाथों ने उजालों के लिये बनाये हैं लाखों चिराग,
अपनी सोच से चूड़ियाँ सजाने वालों को इनाम क्या मिला,
उन्हीं के सिंदूरों के हैं मिटाये अपने लाखों सुहाग।

◈◈◈

प्यार के गीत फिजाओं में ऐसा असर छोड़ देंगे
कि नफरतों के परिंदे भी ये शहर छोड़ देंगे
गीता जलायेगी दिया जब कुरान के आंगन में,
धर्म के सौदागर तब, उगलना जहर छोड़ देंगे।

◈◈◈

खुद के अंदर न जाने क्या–क्या तलाश करता हूँ
कभी खुदा को तो कभी खुद को तलाश करता हूँ
मैं अपने अंदर की उलझनों से सवाल करता हूँ
पर जवाब मिलने पर उनमें मैं उलझनें तलाश करता हूँ।

◈◈◈

धूप के हाथों की मेंहदी का रंग उतर जाता है,
हवाओं की आखों का काजल भी उतर जाता है,
जब–जब ओढ़ता है इंसान मन में लालच की चादर,
समंदर के मोती का नूर भी उतर जाता है।

◈◈◈

अअमीरे–तेरे आंगन में बस गिरगिटी रिश्ते रहते हैं
चल गरीबी के दर पर तुझे फरिश्तों से मिलवाता हूँ।
सोना पहनकर इतराने वालों, इतना भी क्या खुश होना
मिट्टी से बने जेवरों की करिश्मों से मिलवाता हूँ।

रोज होता है कत्ल हवा का धुंए से
एक दिन यहां बस तरीका बदल जाता है।

◈◈◈

इतना भी न कीजिए गर्म नफरतों के अहसास को
कड़ुवाहटों का उबाल नहीं तो उमंगे बहा ले जायेगा।

◈◈◈

उजालों की खेती के लिये कोई नया तरीका खोजिये
ये आसमां के सारे तारे तो सदियों पुराने हो गये।

◈◈◈

बेच दिया मेरे अंदर के सूरज को परम्पराओं के बाजार में
फिर भी हर कोई चाहता है कि ये धूप उसकी रहे।

◈◈◈

दृढ़ निश्चय और मजबूती से ढृंढता का तिरंगा दो
प्रेम के पथ पर मिलने वाले अंगारों को फूल बना दो।

◈◈◈

हम भी धकेल दिया लोगों ने परम्पराओं के शहर में
मैनें जब भी नई सोच से एक गांव मन का बनाना चाहा।

फंस गया वो परिंदा भी धुंए के जाल में
जिसने अपनी कई उड़ानों से आसमान को छुआ है।

◈◈◈

जो शख्स अपनी मोहब्बत के लिये शहर भर मशहूर था
नफरतों की जब आधियां वो ही शहर से दूर था।

◈◈◈

कैसे पाता होगा देख अब अम्बर धरती का चेहरा
इंसानों ने है जो दिया लगा, काले धुएं का काला पहरा

◈◈◈

अभी रखी है मेरे सर पर माँ की दुआओं की छांव
धूप उलझनों की अभी मेरे पास आने से डरती है।

◈◈◈

नन्हें पौधों को तीखी धूप से बूढे शज़रों की छांव समाती है
तो फिर किस आधार पर लोग बुर्जओं से अलग रहा करते हैं।

◈◈◈

लोग यही बात करते रहे कि भूख ने उसे मारा है
पर भूख को मैनें अभी, किसी आंगन में जिन्दा देखा है।

परिंदे आये तो ये बीमार हवा का हालचाल पूछने
काले धुएं की जब्त में आकर वे खुद बीमार हो गये

◈◈◈

मोहब्बत का परिंदा उजालों के नगर में नहीं उड़ता दिखाई देता है
यकीनन अंधेरों की किसी नगरी में वह कैद होगा।

◈◈◈

मत तोड़ फूल तो इस बाग से ए मुसाफिर
तितलियों की बद्दुआएं तुझे फिर जीने न देंगी।

◈◈◈

आंसुओं की आंखों में ज़िन्दगी के फेरे हैं,
दर्द की मुस्कान कुटिल, रंजोगम के डेरे हैं।

◈◈◈

कभी बच्चे दौड़ते थे बाग में तितलियां पकड़ने को
अब तितलियां चमने में बच्चे तलाश करती हैं।

◈◈◈

लौट जा गंगा यहां से अब शिव के धाम में
इंसान तेरे चरण छूने को अब काबिल न रहा।

यही सोचता होगा चांद, देखकर धरती की बिगड़ी सूरत
कि कैसा रोका जाये इंसानों को, वहां पर बस्तियां बसाने से।

◈◈◈

किधर जाऊंगा में झगड़कर अपनी नींद से दोस्तों
रातों को ख्वाबों से बस एक यही सवाल करता हूँ।

◈◈◈

बीमारी तू आयी थी मेरे पास बद्दुआ के चलते,
सूखे रिश्तों को तू ये, यह कैसे दुआ दे गयी।

◈◈◈

बहुत शौक से खेलता है जो इंसानी खिलौनों से
वो खुदा यकीनन किसी बच्चे की तरह होगा।

◈◈◈

मधुर नींद पाने से तुझे रोकता कौन है?
क्या करे कोई आज जब लो रियां मौन है।

◈◈◈

ये धुआ मेरी आंखों में आंसू क्यूं नहीं लाया
जरुर किसी गद्दार–ए–वतन की चिता से उठा होगा।

मेरे अंदर का आफताब मांगता है, वह धूप मुझसे,
बहुत पहले जिसे मैनें था एक छांव को बेच दिया।

◈◈◈

जुगनूओं तुम भी जाकर छुओ अंधेरों के चरण
उजालों के परिंदों का अब बस वहीं ठिकाना लगता है।

◈◈◈

अश्वों के पैरों से निकले मधुर गीत को लोग क्या समझेंगे
मशीनी सदी के मशीनी लोग बस मशीनों की ही जुबान समझते हैं।

◈◈◈

आलीशान मकानों में रहनें वाले लोग अंदर से
अक्सर मिलते हैं मुझे एक घर की तलाश करते हुये।

◈◈◈

चांदनी तुझे धूप से जलने की जरूरत क्या है,
तेरा रास्ता अलग और जुदा मंजिल है।

◈◈◈

खुदा तेरे घर में की इंसानों का बाजार लगता है क्या
अगर नहीं तो फिर वह धरती पर कैसे चला आया।

संसद में हैं बैठे हुये रावण, दुर्योधन, कंस
कौआ बनकर निकल रहे, जो पहले थे हंस।

◈◈◈

गंगा की आंखों से बहता हर दम दुःख का नरी,
शिव के हृदय की रानी, देखो बन भटक रही फकीर

◈◈◈

विलुप्त हो गयी सरस्वती, अब यमुना की बारी,
इंसानों ने पहले से कर रखी, इसकी अर्थी की तैयारी

◈◈◈

चलो अब कहीं उजालों का इक नया जहाँ बसाया जाये
इस दुनिया में अब तो बस अंधेरों के मकान दिखते हैं।

◈◈◈

मर गया वह फकीर, गुमनामी में बिना दवा के
जो बीमार लोगों को दुवाओं की दवा देता था

◈◈◈

ये आसमान कुछ भी नहीं केवल ज़मीन की परछाई है
जिस दिन हटेगा आइना धूप का, ये जमीन में मिल जायेगा।

उस शख्स के पांव के छाले, बस ये ही गवाही दे रहे हैं आज
कि अदालतों से उसका रिश्ता अभी तक टूटा नहीं है।"

◈◈◈

चलो फासलों की नदी को समंदर होने से रोका जाये
इससे पहले कि रिशतों की नाव आ जाये गहराइयों के लपेटे में।

◈◈◈

अलसायी हवा ठंडी धूप और प्यासी नदी है।
आप कह रहे गर्व से, फिर भी इक्सवीं सदी है।

◈◈◈

कुछ बचकानी बातों पर रिश्ते टूट जाते हैं
बात कुछ भी नहीं बस जरा–जरा सी होती है।

◈◈◈

रूख आंधियों के मोड़ने को हौसला भी जरूरी है
रूकावटें ये छिप जाएं बस कुछ दिनों की मजबूरी है

◈◈◈

धुएं के गण्डों ने है लूट ली अस्मत हवा की
परिंदों के घरों में इसलिए गम का माहौल है

म्यूजिम बनेंगे हरियाली के अगली सदी में
अभी तो पेड़ों का 'इतिहास' बनना जारी है।

◈◈◈

हैं नशे के बीज यहां मुल्क में बोये गए
कफन बेचने वालों का तभी बाजार गर्म है

◈◈◈

उदासी मन की मिटती नहीं फेफड़ों को जलाने से
चाहने वालों की मगर, यकींनन खुशियां जल जाती हैं

◈◈◈

घर की बर्बादी की वो नींव रखकर आ गया
पहली बार जो नशे को मुँह लगाकर आ गया

◈◈◈

www.ingramcontent.com/pod-product-compliance
Lightning Source LLC
LaVergne TN
LVHW100404051026
849518LV00003B/1136
9788193810323